前言　　冯远　中国美术馆馆长

1945年5月8日，纳粹德国宣布无条件投降。8月15日，日本宣布投降，9月2日签署投降书。至此，世界反法西斯战争胜利结束。这场战争先后有六十多个国家和地区参战，波及20亿人口[占当时世界人口的80%]，战火燃及欧、亚、非、大洋洲和太平洋、印度洋、大西洋、北冰洋，作战区域面积2200万平方公里。交战双方动员兵力达1.1亿人，因战争死亡的军人和平民超过5500万人，直接军费开支总计约1.3万亿美元，占交战国国民总收入的60%至70%，参战国物资总损失价值达4万亿美元。中国在八年抗战中共有2100多万同胞牺牲，占二次大战参战国死亡总人数的42%，直接经济损失达1000亿美元。中国人民为世界反法西斯战争的胜利作出了巨大的民族牺牲和重要的历史贡献。

在抗日战争中，面对连天的烽火、破碎的山河，中国的美术家们纷纷走出自己的画室，奔向十字街头，用自己的艺术宣传抗日。在抗日根据地，八路军、新四军中的美术家们不仅为抗战作出了贡献，而且形成了以艺术反映生活、表现生活的现实主义传统。抗战八年的木刻，作为时代的刃锋，今天已经全然如同抗战的历史一样，为人们所珍重。而自20世纪中期以来，在中国的美术创作中，有许多作品反映和表现了战争中人民的苦难和战争中中国军民不屈不挠的精神，真实地记录了中国人民反法西斯战争的历史，成为20世纪中国美术的经典，有许多著名的美术家也因这一题材的创作而奠定了在20世纪美术史上的地位。

二战题材作为20世纪世界美术史上美术创作的一个重要方面，有许多广为流传的经典作品，其中，俄罗斯的几代美术家创作了大量的反映二战题材的作品，在中国美术界有着广泛的影响。而日本的丸木位里夫妇创作的深具震撼力的《原爆图》，对战争灾难的揭露，令人震惊。这些作品对于今天反对战争、企盼和平，仍然具有重要的现实意义。

值此世界反法西斯战争胜利60周年之际，世界各国都以不同的方式纪念这一胜利的日子。由中国美术馆策划和组织的"纪念反法西斯战争胜利60周年国际艺术作品展"，集中了中国的美术家和一些国外的美术家新创作的美术作品，它们反映了这场战争中的世界人民反法西斯的精神，讴歌了前仆后继、保家卫国的英雄主义情怀，表达了世界人民热爱和平的美好愿望。这些作品形式语言多样，以艺术的方式展现了当代艺术家对历史的感知、对现实的珍重。与他们的前辈艺术家相比，在同一题材的不同表现方面，反映出了新时代的审美变化。无疑，这一展览的举办，对于探讨战争和历史主题的创作经验，积累当代创作的成果，也同样具有重要的意义。

历史题材创作与抗战主题 陈履生

在世界反法西斯战争中，受到战争危害的各国人民饱受战争的苦难，许多人为了国家和民族的独立而奋不顾身，浴血奋战，各种可歌可泣的英雄事迹都铭记在历史的纪念碑上。中国作为反法西斯战争的主战场，中国人民不仅深受民族的灾难，而且还有着为了挽救民族危亡而奋起的抗争和战斗。世界反法西战争和中国的抗日战争作为20世纪历史上的重要事件，对于世界各国人民都有着重要的影响，其影响所及不是一代人或是几代人所能忘却的。对于中国人来说，因为它所凝聚的民族情感，更是刻骨铭心的记忆。

与二战相关的美术创作，是20世纪世界美术史的一个重要的内容，有许多重要的作品都表现出了二战题材的特殊意义，这些作品表现战争的残酷和壮烈，人民的苦难与不幸，将士的英勇与无畏，有着强烈的感染力和震撼力。而在战后的一系列二战主题的创作中，所表现出的追思和纪念，更多的是以守望和平的方式表现出对现实的关注。

在20世纪中期以后的中国美术创作中，抗战题材的作品一直不断地出现在各种展览会之中，其中有许多都是时代的代表性作品，表现出了这一主题在美术创作中的特殊地位。当然，研究这一题材的美术创作自然不能忽略抗战时期的美术创作。

对于抗战时期的美术家而言，抗日是他们的现实。他们在民族危难的时刻，离开了自己所追求的艺术王国，走向了社会，亲近了大众，为了民族的解放事业而努力，而奋斗，而战斗，而牺牲。他们留给我们的艺术遗产，不管是作为宣传、激励人民抗日的木刻，还是反映战争中人民的疾苦、鼓励人民抗日斗志的艺术作品；不管是普及的，还是提高的，都鲜明地表现了时代的主题，成为与时代相依的具有重要历史意义和艺术价值的作品。

随着抗战的胜利，抗战成为20世纪中国历史的一页。这一历史给予后人的影响是多方面的，对艺术创作而言，这一题材有着取之不尽、用之不竭的内容，特别是这一题材给予艺术家创作的灵感以及题材的选择，都具有特殊的启发性和诱惑力。因此，从1949年以来的主题性创作中，抗战题材就从来没有间断过，并且与时俱进，将这一题材的表现不断推向新的高度和新的审美空间。

1949年以来的新中国美术史上以表现抗战和革命历史的主题创作，它们所反映的历史并不像人们通常所认识的历史那样具有历史的悠久性，抗战几乎是眼前的历史，甚至也可以说是刚刚过去的现实题材。但是，这些作品在经过了几十年的历史之后，所表现出的面貌确实又像平常人们所认可的历史题材作品那样，表现出了历史题材作品所具有的一些基本特征。抗战主题的历史画创作作为新中国美术史上的主流艺术，在新中国的社会中获得了广泛的生存和发展空间，它在20世纪中国现代美术史上表现出的特殊性，是因为这一题材在一部完整的中国美术史上也是一个特殊的历史时期。所以，在政治多变的50年代以来的社会发展中，尽管各种政治运动不断，可是，抗战题材的美术创作均能够在各个时期得到生存，这正是这一题材的特殊性所在。它所具有的研究性和所表现出来的艺术与社会关系的复杂性，都是其他历史时期所不能比拟的。

　　在新中国建立后不久，中国革命历史博物馆就组织国内的一些著名画家创作革命历史画，以期通过图像化的革命历史颂扬人们心中的英雄和英雄事迹。在这一次组织的美术创作中，出现了一批表现抗战主题的作品，王朝闻的《刘胡兰》[雕塑，1950年]、罗工柳的《地道战》[油画，1951年]等，都是最初的表现抗战历史的最重要的代表性作品。1957年，为配合建军30周年而举行的"中国人民解放军建军三十周年纪念美术展览"，也出现了一大批表现抗战和革命历史题材的作品，其中与抗战相关的作品有：《毛主席在陕北》[高虹作]、《红军过雪山》[艾中信作]、《红军不怕远征难》[董希文作]、《艰苦岁月》[潘鹤作]、《八女投江》[王盛烈作]。这些新中国美术史上最初表现抗战的作品，表明了抗战主题在当时的艺术创作中已经占有一定的份额。此后，在1958年落成的人民英雄纪念碑上，《抗日游击战》成了与《焚烧鸦片烟》、《金田起义》、《武昌起义》、《五四爱国运动》、《五卅运动》、《八一南昌起义》相连的一个部分，被近代史学家们确定为中国人民为了民族的解放事业而奋斗的一个过程，表明了这一题材在近现代中国历史上的地位，也奠定了这一题材在未来发展的基础。此后，抗战题材的重要作品有：王流秋的《转移》[油画，1957年]、詹建俊的《狼牙山五壮士》[油画，1959年]、蔡亮的《延安火炬》[油画，1959年]、靳之林的《南泥湾》[油画，1961—1964年]、钟涵的《延河边上》[油画，1963年]、秦大虎、张定钊的《在战斗中成长》[油画，1964年]。另外，在20世纪50年代以年画、连环画、宣传画为主流的美术创作中，刘继卣的连环画《鸡毛信》和丁斌曾、韩和平的连环画《铁道游击队》，都是影响了几代人的属于抗战题材的重要的作品。

纵观近 50 年来中国美术的发展，抗战题材的创作表现出了连续性的特点，尽管其中遇到"文革"，也没有因为"文革"而中断。在 1972 年 5 月举办的"全国美术作品展览"中，延松的《延安之春》[国画]、秦文美的《铜墙铁壁》、于学高的《抗日战火炼红心》、蔡亮的《"八·一五"之夜》等，为这一特殊时期留下了一批难得的作品。1978 年之后，杨力舟、王迎春的《太行浩气传千古》、《铜墙铁壁》[国画]，刘文西的《毛主席在抗大》[素描]，都是这一题材的代表性作品。进入 80 年代之后，周思聪创作的《矿工图》系列组画成为这一题材范围内的一件最重要的作品，它在形式语言上的努力，突破了题材的限制，为抗战题材的新时期发展树立了榜样。

可以说，从第一届全国美展以来的历届全国美展中都有一批抗战主题的作品，其中有些成为一个时期内美术创作的代表，在美术史上占有重要的地位。在最近的第十届全国美展上，抗战主题更是表现出了它的特殊性，袁武的国画《抗联组画》和陈坚的油画《公元一千九百四十五年九月九日九时·南京》，都获得了金奖，令人刮目相看这一题材在新时代创作中的价值，令人深思抗战题材的挖掘对新时代创作的意义。

题材的内容和属性反映了题材的价值和意义。抗战题材表现出的生命力基于历史对于后人的影响，同时也反映了历史对于现实的意义。实际上，这种现实的关系决定了历史题材在当代美术创作中的实际地位，通过纪念显现历史，激活题材，基本上是新中国美术创作的规律。当然，像抗战这样的重大历史题材的美术创作，往往是出精品出力作的基础，因此，它不断受到各个时期的美术家的注目，并被各个时期的美术家所挖掘，这是因为其自身的规律所决定的。

在抗战主题的作品中，有的直接表现了抗战的内容，有的则是反映了抗战的背景，同一题材的运用有不同的方式，同一题材的表现也有不同的形式。在当代抗战题材的美术创作中，语言的多样性已经成为一个时代的特点。当我们将这些不同时期的作品作一个排比时，不难发现抗战主题的创作

在不同的历史时期内有着不同的表现，其差异就是时代审美观的变化。

从抗日的现实生活题材的表现，演变为抗战历史题材的发掘，尽管其中反映了时代的变化，表现出题材意义上的差异，可是，这一历史主题所内涵的精神，却是相通的。当现实变成历史，当表现现实的作品变成历史上的作品，无疑会引起审美上的变化，会带来在解读上的历史意义的阐释。这正好像我们面对历史题材一样，与抗战相联系的那一代人的奋斗、呐喊、激愤以及怜悯的现实，在今天则是一种历史的表现。对于历史的理解和认知，不仅是基于历史的基本事实，而且更重要的是对历史的一种选择。这是历史题材的美术创作必不可少的一个过程。

在反法西斯战争胜利 60 周年之际，作为反法西斯战争主战场的中国的艺术家，理应用艺术的方式唤醒历史的记忆，因此，在中国美术馆发出"纪念反法西斯战争胜利 60 周年国际艺术作品展"征稿通知后，得到了许多美术家的响应，在一个不太长的时间内，甚至可以说是在比较紧张的时间内，国内国外的艺术家们拿出了自己创作的作品，作为对世界反法西斯战争胜利的纪念。这些作品以当代的文化热情反思战争，以当代的艺术语言表现战争，其中的细枝末节无不反映出艺术的良知。从艺术的角度来看，这批新近的创作有别于历史上的二战主题或抗战主题的作品。这种变化既有艺术家个体的差异，也有因为时代的不同所造成的艺术形式或艺术风格上的不同。通过这个展览，探讨同一题材不同历史时期在创作上的变化，正是举办这个展览的意义之一。

为了说明时代的变化，展览选取了中国美术馆所藏的部分抗战题材的作品，同时也征集了部分私人收藏的作品，以说明以往抗战主题作品创作的情况。这些作品就是本画集中的第一部分。因为这一段时间内一些收藏有抗战主题代表作品的博物馆分别都在举办纪念展，因此，难以借到这些馆藏的重要作品，共襄盛举，这是非常遗憾的事情。本画集中的第二部分，基本上都是为本次展览专门创作的作品。这次展览得到了很多单位和个人的支持，特别要感谢中国人民解放军总政治部文化部的组织和发动。

目录

[特邀作品]

I

001 放下你的鞭子　司 徒乔
1940 年　油画　125 cm × 178 cm　中国美术馆藏

002 七七号角 唐一禾

1940年 油画 32 cm × 61 cm 中国美术馆藏

003 重庆大轰炸　吴作人
1940 年　油画　80 cm × 100 cm

004 流民图 蒋兆和

1943年 中国画 200 cm × 2600 cm 中国美术馆藏

005 被日寇炸毁的机场废墟　韩 景生
1947 年　油画　63.5 cm × 90.5 cm　中国美术馆藏

006 民兵　王朝闻

1947年　铸铜雕塑　34 cm × 14 cm × 12.5 cm　中国美术馆藏

007 红岩 钱松嵒

1962年 中国画 104 cm × 81.5 cm 中国美术馆藏

008 战斗中成长　秦大虎、张定钊

1964年　油画　138 cm × 130 cm　中国美术馆藏

009 兄妹开荒　　姚奎
1976年　中国画　41cm × 67 cm

010 烽火少年　林宏基

1977 年　油画　80 cm × 145 cm　中国美术馆藏

011 太行浩气传千古　王迎春、杨力舟

1977年　中国画　132 cm × 150 cm　中国美术馆藏

012 斯诺在保安　杨美应

1978年　雕塑　94 cm × 89 cm × 45 cm　中国美术馆

013 红岩 沈加蔚

1979年 油画 205 cm × 200 cm 中国美术馆藏

014 巍巍太行　张 文新

1979年　油画　174 cm × 300 cm　中国美术馆藏

015 九一八 赵奇
1981 年　中国画　104.5 cm × 331 cm　中国美术馆藏

016 春风吹又生　关琦明

1982年　油画　124.5 cm×99 cm　中国美术馆藏

017 战争年代　广廷渤

1983 年　油画　35.5 cm × 44 cm　中国美术馆藏

018 正气千秋　赵 华胜
1983年　中国画　177.5 cm × 318 cm　中国美术馆

019 保卫黄河 [组画]　冯远
1984　中国画　150 cm × 230 cm × 3

020 杨靖宇将军　胡悌麟、贾涤非

1984 年　油画　180 cm × 166 cm　中国美术馆藏

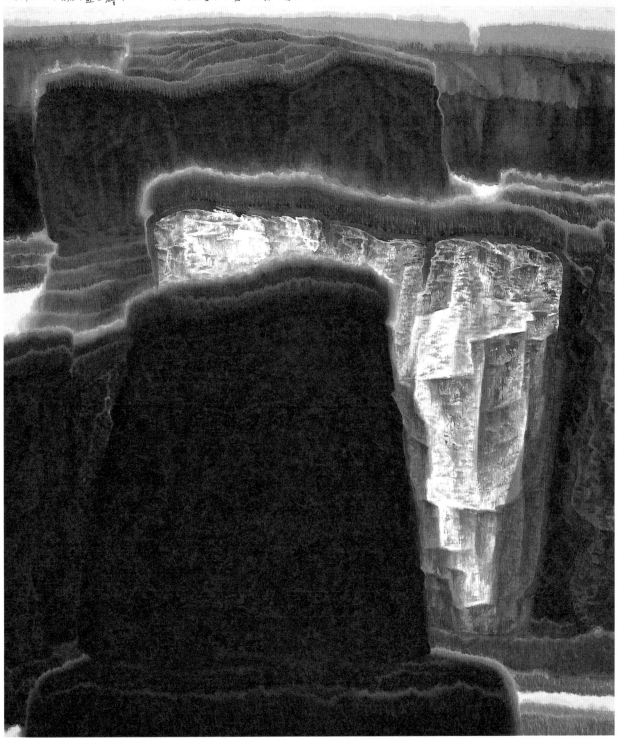

太行丰碑

021 太行丰碑　贾又福
1984年　中国画　200 cm × 171 cm　中国美术馆藏

022 粥　柳青

1984 年　油画　170 cm × 140 cm

023 太行铁壁 王迎春、杨力舟

1984年 中国画 200 cm × 200 cm 中国美术馆藏

024 杨虎城将军　邢 永川

1984 年　雕塑　175 cm × 52 cm × 45 cm　中国美术馆藏

戈馬江南 陳毅同志率軍挺進江南 敵后抗建日據根據地 記事 丁卯年 盖茂森 畫於南京

025 戈马江南　盖茂森

1987年　中国画　144 cm × 95.5cm　中国美术馆藏

026 小米加步枪 刘大为

1987年 中国画 180 cm × 180 cm

027 发亮的眼睛 路璋
1987年 油画 146 cm × 180 cm 中国美术馆藏

028 茅山听雨　张道兴

1987年　中国画　180 cm × 140 cm

029 任弼时 邵增虎

1988年 油画 148 cm × 176 cm 中国美术馆藏

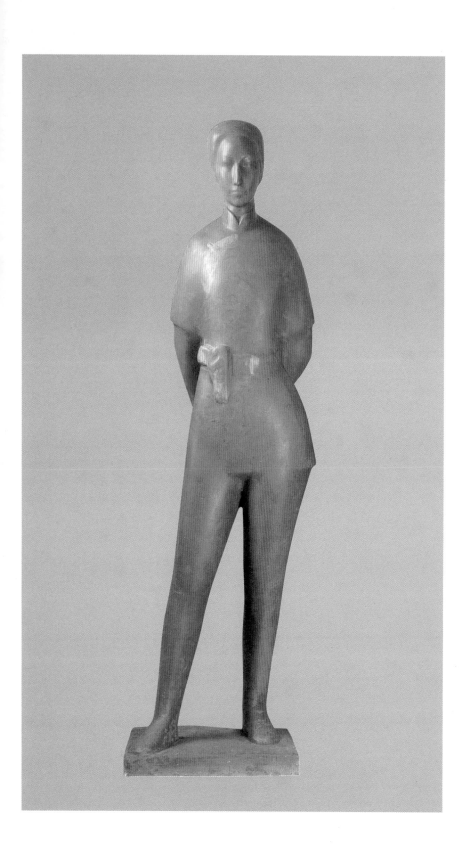

030 赵一曼　霍波洋
1989年　雕塑　127 cm × 40 cm × 28 cm　中国美术馆藏

031 秋雨　王盛烈、刘建华
1991年　中国画　142 cm × 365 cm

032 地雷大王　李 延声

1995 年　中国画　181 cm × 142 cm

033 日本有个东史郎 王盛烈

1999 年 中国画 143 cm × 364 cm

034 抗日时期的邓小平　郑作良
2004年　版画　90 cm × 90 cm

035 明暗法 II 爱德华·伯恩斯坦 [Edward Bernstein，美国]
版画 37 cm × 76 cm

036 新乐章　安祺·格谢夫　[Angel Gescheff，保加利亚]

综合材料　60 cm × 120 cm

037　战场　白展望
油画　160 cm × 214 cm

038　不闻当年金戈声，只听今朝驼鸣悠　包 少茂

中国画　180 cm × 145 cm

039 火烧竹篱图

中国画 220 cm × 96 cm

狼牙山五壮士 二零零五 柴京津畫

040 狼牙山五壮士 柴京津
中国画 195 cm × 250 cm

041 为了民族存亡 陈 琳
中国画 231 cm × 163 cm

042 雨后复斜阳　陈 树东

油画　200 cm × 120 cm

解放区的天是明朗的天这是反映解放区人民群众和八路军官兵满怀胜利的喜悦载歌载舞欢庆抗战胜利的场景岁次乙酉年孟夏陈先水製

043 解放区的天 陈水谷
中国画 215 cm × 145 cm

044 岁月 程兆星
油画 180 cm × 200 cm

046 抹不去的记忆[四幅] 崔 光武

油画 100 cm × 90 cm × 4

047 一九四五年 戴士和
油画 120 cm × 150 cm

048 胜利的日子　邓超华
中国画　239 cm × 164cm

049 勿忘国耻 丁卯

石版画 90 cm × 59 cm × 3

050 某年某月　窦鸿
油画　80 cm × 120 cm

051 在中国的土地上　窦培高
1986年　油画　180 cm × 180 cm

052 过去、现在、未来 多萝泰娅·沙萨尔 [Dorothea Chazal，德国]
布面水彩[三联画] 170 cm × 170 cm × 2, 120 cm × 190 cm

053 胜利　方贤道

中国画　144 cm × 364 cm

054 抗日女英雄孙玉敏——电影《地雷战》中女民兵连长原型　高仁岐

油画　186 cm × 121cm

055 永远难忘 官丽
中国画 180 cm × 100 cm

056 前夜　顾国建
油画　164 cm × 190 cm

057 血债 [下图为局部]　广 廷 渤、吴 云 华、孙 国 岐、黄 智 根、戴 都 都 合作
油画　240 cm × 1200 cm

058 较量 韩清茂

中国画 193 cm × 270 cm

060　巍巍太行　贺成才

中国画　180 cm × 122 cm

061 谁说女子不如男　贺国林

中国画　210 cm × 190 cm

062 回家 黄熙

玻璃钢雕塑 高 180 cm

063 永别了，武器　纪连彬
中国画　200 cm × 145 cm

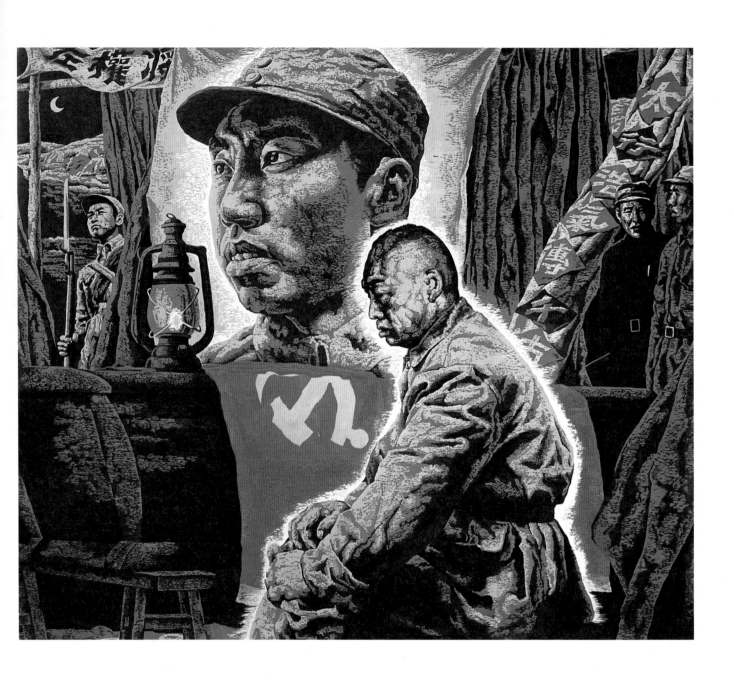

064 长夜 贾力坚
版画 68 cm × 80 cm

065 地网 姜仁良
油画 72 cm × 68 cm

066 铁道游击队 姜书戈

油画 235 cm × 155 cm

067 浴火重生 孔 平
油画 200 cm × 200 cm

重庆·一九三九 孔紫

中国画 270 cm × 195 cm

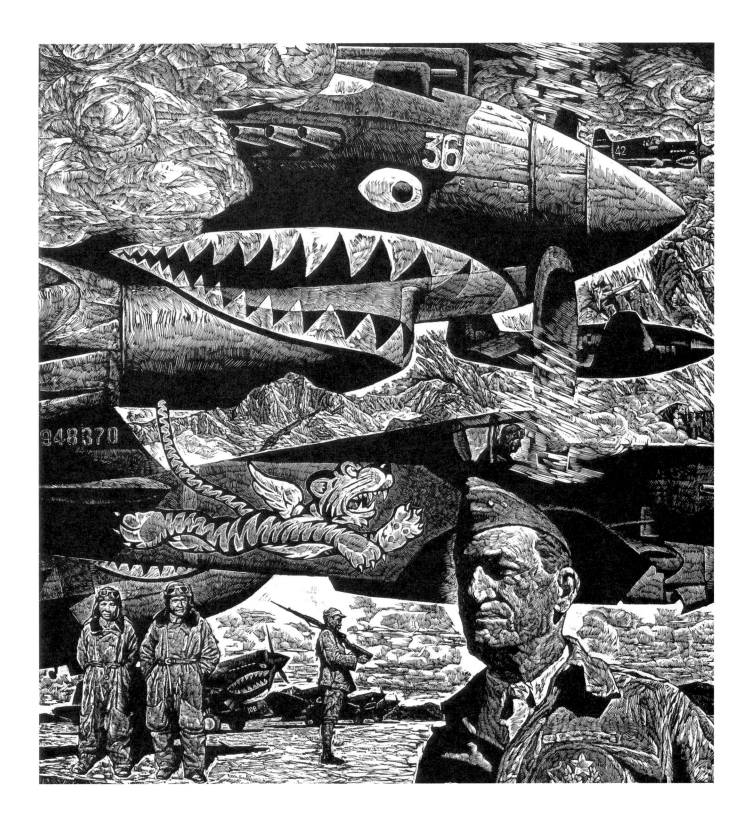

069 驼峰·飞虎·记忆 李传康
版画 85 cm × 80 cm

070　北奥塞梯人质悲剧　李从军

中国画　250 cm × 125 cm

071 淞沪战役中的张治中将军　李 蕾
油画　150 cm × 200 cm

九一八灾难之归屯并户　李 连志

中国画　230 cm × 550 cm

073 大刀进行曲 李 明峰
油画 200 cm × 320 cm

074 东方欲晓 李平生
漆画 950 cm × 950 cm

075 南京大屠杀 李强
中国画 200 cm × 168 cm

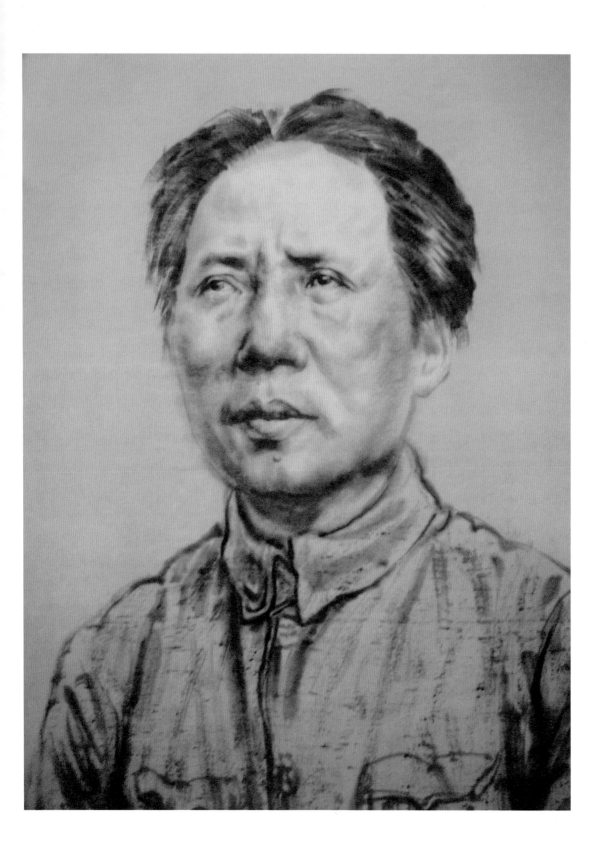

076 论持久战　李翔
中国画　265 cm × 190 cm

077 和风　李延声
中国画　68 cm × 93 cm

078　烽火年代　陆 千波
中国画　232 cm × 112 cm

079 冬日夹皮沟的附三号阵地　罗江、王莹
中国画　186 cm × 98 cm

080 晚钟　罗田喜
油画　144 cm × 160 cm

081 收复山海关 骆根兴

油画 258 cm × 350 cm

082 还我家园 马寿民
中国画 200 cm × 125 cm

083 抗日去　马未定
中国画　180 cm × 170 cm

084 融雪 邱明惠

版画[套色木刻] 90 cm × 85 cm

085 儿女英雄　苗再新
中国画　145 cm × 247 cm

086 永恒的记忆　曲 直

油画　220 cm × 80 cm

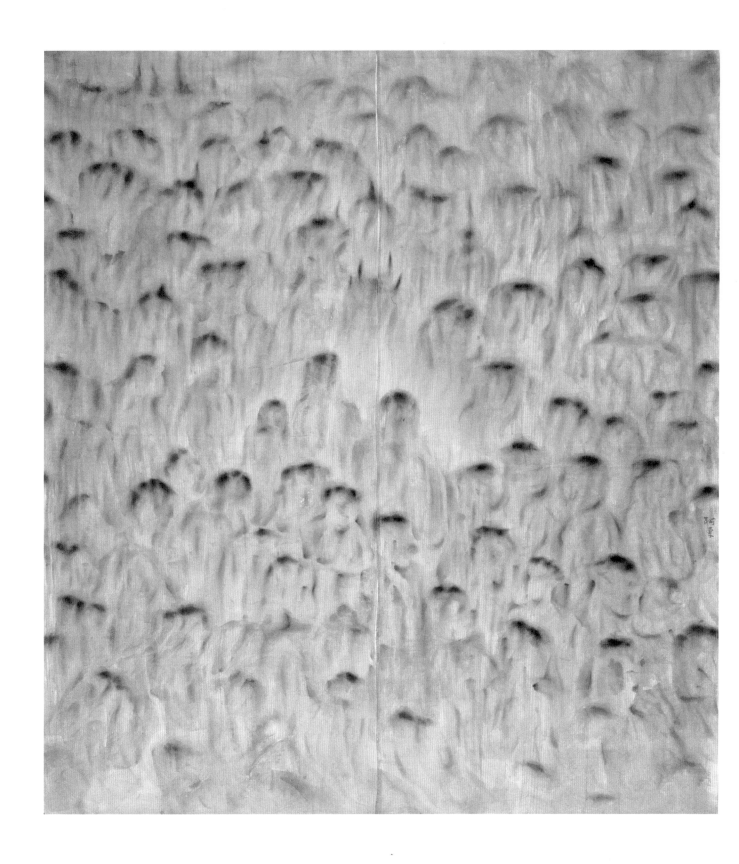

087 1946年布拉格广场 覃琨瑛 [Qin Kunying，捷克]
水墨画 160 cm × 160 cm

088 鬼子来了　秦龙
中国画　150 cm × 150 cm

誓師 　任惠中

089　誓師　任惠中
　　　中国画　183 cm × 189 cm

090 乙丑夏日　申 少 君

油画　260 cm × 358 cm

091 零式飞机的坠落 孙 浩
油画 180 cm × 350 cm

092 杨靖宇　孙立新

油画　200 cm × 220 cm

093 峥嵘岁月　王阔海
中国画　170 cm × 200 cm

094　雪海国魂　王利军
中国画　190cm × 250 cm

095 东进·东进　王世明
中国画　200 cm × 200 cm

096 烽火岁月 吴建科
中国画 160 cm × 140 cm

097 曙光 吴玉麟
油画 280 cm × 540 cm

098 这里的黎明静悄悄 吴 耀华
中国画 180 cm × 98 cm

099 中华民族不可侮 谢志高

中国画 180 cm × 180 cm

100 金色蔷薇 邢庆仁
中国画 135 cm × 135 cm

101 战争残片·慰安妇　熊 家海
版画　92 cm × 78 cm

历史印迹 徐 永新
中国画　120 cm × 220 cm

103 影像·记忆 许向群
中国画 150 cm × 60 cm × 3

104 家园 许章伟
油画 120 cm × 120 cm

105 太行英魂　阎禹铭

中国画　168 cm × 148 cm

106 峥嵘岁月　燕飞
油画　135 cm × 130 cm

107 历史的回忆　杨 华
中国画　180 cm × 180 cm

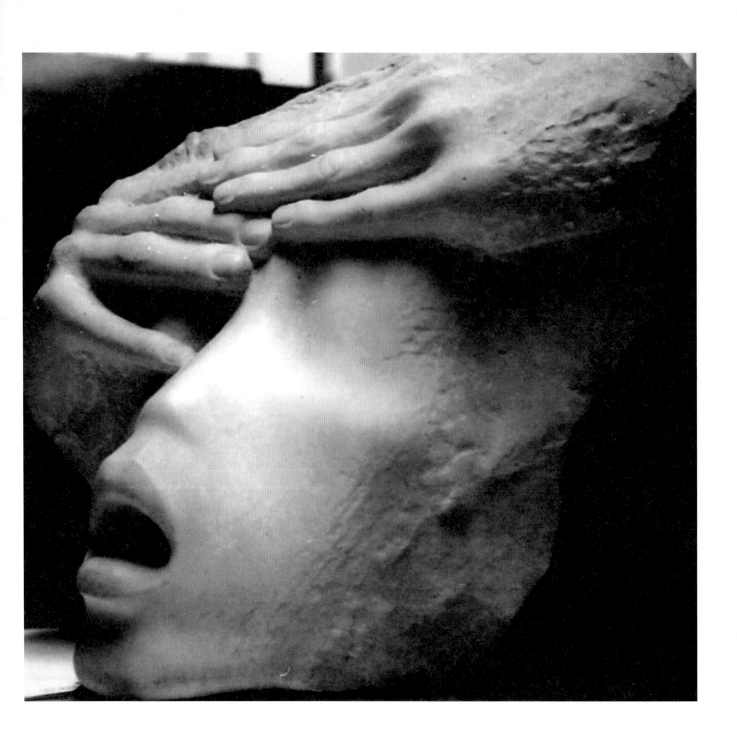

108 梦断家园 杨 学军
雕塑 50 cm × 40 cm

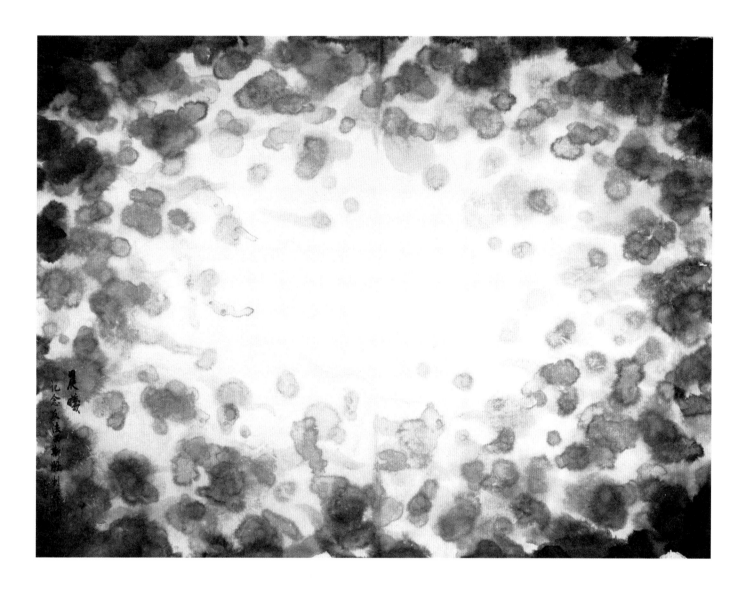

109 晨曦 伊瑞 [Jiri Straka，捷克]
水墨画 193 cm × 262 cm

110 转移 蔚 国银

油画 186 cm × 146 cm

111 飞越驼峰 于克敏、黄礼攸
油画 150 cm × 160 cm

112 抗联组画——生存 袁 武
中国画 360 cm × 200 cm

113　黎明静悄悄　岳鸿进
中国画　180 cm × 180 cm

114　嘎达梅林之歌　张 占岗
油画　185 cm × 185 cm

115 南京大屠杀幸存者　张 力弓〔立功〕

综合材料　320 cm × 360 cm

116 英雄 张立奎
中国画 200 cm × 176 cm

117 离乡岁月 张立柱
中国画 123 cm × 246 cm

118 保家卫国 张万臣
中国画　180 cm × 145 cm

119 悲歌 张文新
油画 145 cm × 200 cm

120 底子 赵初凡
中国画 233 cm × 166 cm

121 日本侵华老兵的反省 赵军安
中国画 145 cm × 118 cm

122 1937 年浦江 周 补田
油画 160 cm × 240 cm

123 东渡黄河 周顺恺
中国画 200 cm × 190 cm

124 难以忘怀的岁月　周武发
油画　217 cm × 105 cm

125 大刀曲　周永家
中国画　155 cm × 144 cm

126 Dehors les Allemands　埃罗 [Erro]
1971 年　油画　130 cm × 162 cm

127 Paullownia   姜 x 明姫 [Myongh]

1999 年   油画   200 cm × 250 cm

128 系统化IV A.R 彭克 [A.R. Penck]
1982年 150 cm × 250.5cm

129 空袭　Suh Yongsun

2004 年　丙烯画　227 cm × 182 cm

130 啊，上帝！星空令人如此恐惧　Kim Kyungin
2004 年　油画　181.8 cm × 227.3 cm

131　修正德国　约格·伊门道夫 [Jorg Immendorf]
1983 年　油画　282 cm × 660 cm

作者简历

[I]

司徒乔 [1902年—1958年]

男，广东开平人。1914年习画。1924年在燕京大学读书时，从事绘画创作。1927年北伐战争爆发后，在武汉任苏联顾问鲍罗廷办公室艺术干事。1928年举行画展时，鲁迅购藏其作品《四个警察和一个女人》和《馒头店门前》。1928年在上海举行"乔小画室春季展览会"，鲁迅为其作序。是年冬赴法国，师从写实派大师比鲁等人学画。1929年参加巴黎沙龙画展。1931年回国任教于岭南大学，兼《大公报·艺术周刊》编辑。20世纪50年代先在革命博物馆工作，后任中央美术学院教授。曾为出版鲁迅的《故乡》作插图。1952年开始为亚洲及太平洋区域和平会议创作纪念性的作品《亚太和平图》，但未及最后完成。

唐一禾 [1905年—1944年]

男，湖北武昌人。肄业于北平艺术专科学校。大革命时期回到武汉，在革命军中从事政治宣传工作。后毕业于武昌艺术专科学校，并留校任教。1930年赴法国留学，入巴黎美术学院，师从劳伦斯学习油画。1934年于武昌艺专从事美术教育工作，并任教务主任兼西洋画系主任。抗日战争初期，以宣传画的形式积极开展宣传活动，作品具有进步思想和相当的艺术水平。

吴作人 [1908年—1997年]

男，安徽泾县人。1926年至1928年先后于苏州工业专门学校、上海艺术大学美术系、上海南国艺术学院、南京中央大学艺术系学习。1930年赴法，入巴黎国立高等美术学校西蒙教授画室，同年冬季赴比利时布鲁塞尔，入比利时皇家美术学院白思天教授画室。1935年秋回国，任南京中央大学艺术系讲师，1937年任中国美术会理事。上海事变后，随校迁往重庆，曾组织有五人参加的"中央大学战地写生团"到前方写生。后在武汉参加三厅举办的抗日宣传画展。在全国美术界抗敌协会上当选为理事。1939年、1940年先后参加在美巡回展出的中国画展和在莫斯科举行的中国画展。1946年应徐悲鸿之聘赴北平，接管北平艺专，任油画系教授兼教务主任。1949年以后，历任中央美术学院院长、名誉院长，中国美术家协会主席，全国人大常委会委员等。

蒋兆和 [1904年—1986年]

男，原名万绥，四川泸州人。1927年受聘于南京中央大学，为图案系教员。1930年至1932年任上海美术专科学校素描教授，并参加临时青年爱国宣传队绘抗日宣传画。1935年至北平，次年返四川正式开始现代水墨人物画创作。1937年春返北平，任京华美术学院教授、北平艺术专科学校教师，并举办个展。1947年受聘于国立北平艺专。1950年起任中央美术学院教授。

韩景生 [1912年—1996年]

男，河北昌黎人。1927年函授于上海美专，1929年在哈尔滨市俄国人开办的美专学习油画，1936年在哈工大工作期间拜师日本美术家石景柏亭学习油画。1945年起于哈尔滨市美术家协会工作。

王朝闻 [1909年—2004年]

男，别名王昭文，四川合江人。1926年起在成都艺专等校学习美术，1932年于杭州国立艺专学雕塑。1937年开始从事抗日文艺宣传活动。1939年在成都私立南虹艺专等校教书，任成都民众教育馆美术部主任。1940 年在延安鲁艺美术工厂和美术系进行雕塑创作和教学，后在华北联合大学美术系任教，并从事雕塑创作。1949 年后历任中央美术学院教授、副教务长，《美术》杂志主编，中国艺术研究院副院长、研究员、博士研究生导师，中国美术史学会副会长，中华美学学会会长、名誉会长，中国美术家协会副主席、顾问，历届中国美术家协会常务理事、理事。

钱 松喦 [1899 年—1985 年]

男，江苏宜兴人。1923 年于苏州省立第二女子师范附属小学任教。1927 年任溧阳县立第一小学校长，半年后任无锡美术专科学校教师。又先后于无锡县立女子中学、竞志女中和省立无锡师范等校任教。1937 年开始定居无锡。1945 年后任无锡师范学校美术教师，并兼任私立无锡中学美术教员。1957 年，被聘为江苏省国画院画师，1960 年任该院副院长。 1977 年，江苏省国画院恢复后出任院长。1984 年，改任名誉院长。1985 年病逝于南京。代表作有《红岩》《常熟田》等。曾任中国文联第四届委员，中国美协第三届常务理事和江苏分会副主席、名誉主席。

秦 大虎

男，1938 年生，山东蓬莱人。曾在部队文工团学习书画。1958 年考入浙江美术学院油画系，毕业后，先后在上海美术设计公司、济南军区创作室工作。曾任中国美术学院油画系主任、教授。

张 定钊

男，1938 年生，福建浦城人。擅长油画。1963 年毕业于浙江美术学院油画系。历任上海纺织工业专科学校美术系教师，浙江美术学院油画系教师、系教研组副组长，华东师范大学艺术教育系副主任。

姚 奎

1936 年生，山西垣曲县人。1962 年毕业于中央工艺美术学院装饰绘画系。历任人民美术出版社创作室主任、总编辑助理。1990 年旅居加拿大。

林 宏基 [1946 年—2001 年]

广东广州人。1970 年毕业于广州美术学院工艺系。生前为广东省江门市电影公司美术干部、广东画院专业画家。

王 迎春

女，1942 年生，山西太原人。1966 年毕业于西安美术学院国画系。曾在山西省美术创作组从事创作。1980 年毕业于中央美术学院中国画研究生班。曾任中国画研究院创作研究部主任。一级美术师。

杨 力舟

男，1942 年生，山西临沂人。1967 年毕业于西安美术学院油画系，1980 年毕业于中央美术学院中国画研究生班。 历任中国画研究院创作员、文化部艺术局美术处处长、中国美术家协会常务理事，国家一级美术师，中国美协副主席，第二任中国美术馆馆长。

杨 美应

男，1930年生，四川人。曾任沈阳鲁迅美术学院雕塑系教授。

沈 加蔚

男，1948年生，别名沈嘉蔚，浙江海宁人。1984年毕业于中央美术学院油画系进修班。曾任黑龙江建设兵团美术员，沈阳军区歌剧团舞美队员，辽宁画院专职画家。现旅居澳大利亚。

张 文新

男，1928年生，天津人。1949年毕业于华北大学美术科，1956年于中央美术学院马克西莫夫油画训练班学习。历任北京美术工作室、北京市美术公司、北京画院专业画家。现旅居美国，任美国油画家协会评委。

赵 奇

男，1954年生，满族，辽宁锦县人。1978年毕业于鲁迅美术学院，后留校任教。现为鲁迅美术学院教授。

关 琦明

男，1942年生，吉林通化人。1959年入吉林艺专学习，后参军，在部队从事业余美术创作。1987年于鲁迅美术学院进修。现为沈阳军区政治部专业创作员，一级美术师。

广 廷渤

1938年生，辽宁大连人。1964年毕业于鲁迅美术学院油画系。1981年入辽宁画院任专职画家，曾任辽宁画院副院长。中国美术家协会会员、美国油画家协会会员、英国皇家海洋美术家协会会员，一级美术师。

赵 华胜

男，1939年生，山东泰安人。1964年毕业于鲁迅美术学院中国画系。曾任辽宁画院院长。现为辽宁画院顾问，一级美术师。

冯 远

男，1952年生，籍贯上海。1980年毕业于浙江美术学院中国画研究生班。1987年—1999年担任中国美术学院教务处长、副院长。中国画作品《秦隶筑城图》、《星火》、《屈赋辞意》等入选第四届、第六届、第七届、第八届全国美展，获金、银、铜、优秀奖等各类奖项十余次。作品被中国美术馆、中国艺术研究院、美国东亚艺术博物馆等收藏，并曾赴多国展出及获收藏。1999年调任国家文化部艺术教育科技司司长，2000年任艺术司司长。现为中国美术馆馆长。

胡 悌麟

男，1935年生，江苏镇江人。1949年参军，1957年于东北美术专科学校绘画系毕业。曾任吉林省艺术专科学校油画教研室主任、吉林省艺术学院美术系副主任、吉林美术家协会主席。中国美协理事。

贾 涤非

男，1957年生，吉林人。1973年入吉林省艺术学校绘画专业就读，毕业后留校任教。1983年毕业于鲁迅美术学院油画系。现为吉林艺术学院美术系主任、教授，吉林省美术家协会副主席。

贾 又福

男，别名飘香，河北肃宁人。1965年毕业于中央美术学院国画系。曾任教于中央戏剧学院舞台美术系，现为中央美术学院教授。

柳 青

男，1929年生，四川省汉源县人。1949年就读于四川省艺专绘画专业，1963年毕业于中央美术学院油画研究班，师从罗工柳教授。油画作品多次参加全国、全军美术展览及在国外展出。代表作《三千里江山》、《锦州城上》被军事博物馆收藏。曾任中国美术家协会理事，一级美术师。

邢 永川

男，1938年生，山西交县人。西安美术学院雕塑系研究生毕业。曾任西安美术学院雕塑系主任、教授，陕西雕塑艺术委员会主任。

盖 茂森

男，1941年生，江苏张家港人。1965年毕业于南京艺术学院中国画专业。1976年后任江苏省国画院艺术委员会主任，一级美术师。

刘 大为

男，1945年生，山东诸城人。1968年毕业于内蒙古师范大学美术系，1980年毕业于中央美术学院中国画研究生班，毕业后任教于解放军艺术学院美术系，任系主任、教授。1998年当选为中国美术家协会常务副主席。

路 璋

男，1939年生，山东省济南人。1963年毕业于山东艺专，后考入中央美术学院油画系研修班。现为山东艺术学院教授，山东油画学会顾问，中国美术家协会会员。

张 道兴

男，1935年生，河北人。获第八届全国美展优秀作品奖、第二届解放军文艺奖。现任海军政治部创作室创作员、一级美术师、中国美术家协会理事、中国画艺委会副主任。

邵 增虎

男，1937年生，安徽绩溪人。1962年毕业于广州美术学院油画系。曾任广州军区政治部文艺创作组副组长、中国美术家协会广东分会副主席。

霍 波洋

男，1956年生，黑龙江人。1982年毕业于鲁迅美术学院雕塑系。1988年获硕士学位。现任教于鲁迅美术学院雕塑系。

王 盛烈 [1923年—2005年]

男，辽宁沈阳人。当代现实主义中国画家，美术教育家，鲁迅美术学院原副院长，终身荣誉教授。原中国美术家协会常务理事，辽宁中国画研究会会长，"关东画派"创始人。1991年发起策划了纪念九一八事变60周年纪念的中国画大展。代表作品有《八女投江》、《秋雨》、《老将军的规劝》、《日本有个东史郎》。

刘 建华

男，1959年生，吉林省吉林市人。1981年毕业于鲁迅美术学院国画系，后留校任教。现为鲁迅美术学院中国画系教师。

李 延声

男，1943年生于陕西延安，祖籍广东中山。曾就读于中南美专、浙江美术学院中国画系和中央美术学院研究生班。其作品多次参加国内外重要展览并获奖。现为中国画研究院一级画家、中国美术家协会中国画艺委会委员。

郑 作良

男，1947年生，浙江杭州人。现为中国美术馆专家委员会委员，中国美术家协会会员，一级美术师。

爱德华·伯恩斯坦 [Edward Bernstein]

1965年获迈阿密大学政治学学士，1968年获罗德艾兰州设计学院美术学士，1973年获印第安那大学艺术硕士。在美国国内以及罗马、威尼斯、伦敦、牛津、莫斯科等地参加过多次展览，作品被巴西国家美术馆、俄国普希金博物馆、北爱尔兰欧斯特博物馆以及美国国内多家博物馆和收藏机构所收藏。现任美国印第安那大学艺术教授。

安祺·格谢夫 [Angel Gescheff]

1962年，生于保加利亚普罗夫迪夫市；1981年，毕业于普罗夫迪夫戏剧学校；1993年，获俄罗斯莫斯科国立苏里科夫美术学院版画系艺术硕士。在保加利亚、中国、德国、俄罗斯举办多次个展和群展。作品被俄罗斯普希金国家美术馆、保加利亚普罗夫迪夫市立美术馆、保加利亚共和国国民议会，以及中国、美国、俄罗斯的多所大学和收藏机构收藏。现任职北京新梓堂创作总监。

白 展望

1959年生，陕西乾县人。先后毕业于解放军艺术学院美术系油画专业、中央美术学院油画创作研修班。作品多次入选全国美展并获奖。现为北京空军文艺创作室美术创作员，二级美术师。

包 少茂

1969年生，甘肃岷县人。中国美术家协会会员，甘肃陇中画院专业画家。曾获国家人事部当代中国画杰出人才奖及第三届、第四届甘肃敦煌文艺奖。

蔡 志中

1964 年生。现为江苏省南通市青年美术家协会副主席。

柴 京津

1955 年生，山西大同人。毕业于解放军艺术学院。现为中国美术家协会会员，八一书画院副院长，国家一级美术师。

陈 琳

1963 年生，江苏徐州人。毕业于解放军艺术学院。现任职于海军政治部。为中国美术家协会会员，二级美术师。

陈 树东

1964 年生，陕西西安人。1990 年毕业于北京电影学院美术系，2001 年毕业于中央美术学院第十一届研究生班。现为武警部队创作室专职画家，中国美术家协会会员。

陈 水谷

1960 年生。毕业于解放军艺术学院。现为总参通讯部专职画家。

程 兆星

1957 年生，山西阳泉人。1976 年入伍服役。毕业于解放军艺术学院美术系。现为防空兵指挥学院副教授，中国美术家协会会员、中国版画家协会会员、河南省美协理事。获中国版画家协会"鲁迅版画奖"。

丛 志远 [Zhiyuan Cong]

现任美国威廉帕特森大学艺术教授，版画系主任。本科毕业，1986 年获南京艺术学院中国画专业硕士学位。1994 年获美国印第安那大学版画硕士学位。曾在南京艺术学院、印第安那玻利斯艺术博物馆、芝加哥艺术博物馆、加州大学柏克莱分校、普林斯顿大学等大学和博物馆任教和举办演讲。作品多次参加中国全国美展、美国国内国际联展，以及在纽约联合国、美国东西中心等博物馆、展览馆多次举办个人画展。

崔 光武

1966 年生，河南省安阳人。毕业于解放军艺术学院美术系油画专业。现供职于北京军区测绘信息中心。

戴 士和

1948 年生，北京人。1976 年毕业于北京师院美术系并留校任教；1981 年毕业于中央美术学院油画系研究生班并留校任教。1988 年作为高级访问学者赴俄罗斯列宾美术学院学习。1990 年当选为中央美院青年教师艺术研究会会长。现为中央美术学院造型学院院长、教授。

邓 超华

1950 年生，祖籍广东新会。作品多次参加全国美展及全国、全军专题性大型美展。现为中国美术家协会会员，中国人民解放军广州军区政治部文艺创作室美术创作员。

丁 卯

1966年生，河北省饶阳人。1989年毕业于河北省工艺美术学校。2003年考取西安美术学院版画系研究生，攻读硕士学位。

窦 鸿

1964年生，陕西西安人。现为第二炮兵政治部文艺创作室美术创作员，二级美术师，中国美术家协会会员。

窦 培高

1943年生，山东济南人。现为中国美术家协会会员，一级舞台美术设计师，解放军总政高级评委。

多萝泰娅·沙萨尔 [Dorothea Chazal]

1947年生，德国奥登堡人。1967年至1969年，先后在美国和巴黎学习艺术；1970年至1980年在时尚与设计行业工作，并画油画和素描；1989年起，开始在德国、法国、比利时、美国、奥地利、中国等国家举办个展及群展。

方 贤道

1954年生，安徽蚌埠人。毕业于中国美术学院。中国美术家协会会员，安徽省书画院专业画家，一级美术师。作品入选第六届至第十届全国美术作品展览，曾获第六届全国美展优秀奖、徐悲鸿教育基金会美术奖。

高 仁岐

1955年生，江苏人。现为济南军区政治部文艺创作室创作员，中国美术家协会会员。

宫 丽

1965年生。毕业于解放军艺术学院美术系。作品曾多次参加全国美展并获奖。现为总政专业画家。

顾 国建

1952年生，江苏无锡人。毕业于中央美术学院。现任兰州军区创作室副主任，一级美术师，中国美术家协会会员，甘肃省美协副主席。

广 廷渤

简历见第170页。

吴 云华

1944年生，黑龙江人。1963年考入鲁迅美术学院工艺系，1968年分配到省美术创作组。现为中国美术家协会会员、辽宁省美协副主席、辽宁画院副院长、一级美术师、辽宁省政协委员。

孙 国岐

1942年生，辽宁大连人。1962年毕业于哈尔滨艺术学院附属中专，1970年毕业于鲁迅美术学院。现为辽宁画院专职画家、中国美术家协会会员、一级美术师。

黄 智根

朝鲜族，1946年出生于黑龙江省北安县。1970年毕业于鲁迅美术学院。1979年调入辽宁画院专门从事油画创作和研究。现为辽宁画院油画版画研究部部长、中国美术家协会会员、辽宁省朝鲜族美术学会会长、国家一级美术师。

戴 都都

1963年2月生。1985年毕业于鲁迅美术学院。现任中国美术家协会理事、辽宁省美协副主席、辽宁画院副院长、辽宁省青年美协主席、辽宁省直青联常委。

韩 清茂

1963年生，河北人。毕业于解放军艺术学院。现任职于北京军区某部。

何 晓云

1971年生，安徽安庆人。1991年毕业于安徽机电学院纺织系，1995年毕业于解放军艺术学院。作品《嫩绿轻红》获全国第十届美术作品展金奖并被中国美术馆收藏。现为解放军装备部画家，中国美术家协会会员。

贺 成才

1960年生。毕业于解放军艺术学院。现为北京美术家协会常务副秘书长，中国美术家协会理事。

贺 国林

1956年生，浙江杭州人。1974年参军，毕业于湖北美术学院，进修于中央美术学院。作品曾参加第七届、第八届、第九届全国美展及全国、全军其他大型美展并获奖。系中国美术家协会会员，中国版画家协会会员。现任空军政治部文艺创作室专职美术创作员，高级美术师。

黄 熙

1973年生，广西桂林人。1996年毕业于广州美术学院雕塑系。现为桂林画院院士兼桂林美术馆展览部主任。

纪 连彬

1960年生，毕业于鲁迅美术学院，现为黑龙江省画院副院长，一级美术师。作品曾获全国庆祝建军六十周年美展一等奖。当代中国工笔山水画展金奖、第八届全国美展优秀作品奖等。

贾 力坚

1960年生，山西太原人。毕业于天津美术学院版画系，作品多次参加全国美展并获奖。现就职于解放军总装备部，二级美术师、中国美术家协会会员。

姜 仁良

1966年生，吉林省吉林人。1995年毕业于解放军艺术学院美术系油画专业。

姜 书戈

1981年生，山东莱阳人。2005年7月毕业于解放军美术学院美术系油画专业。

孔 平

男，1959年6月生，1986年毕业于天津美术学院绘画系油画专业，现为中国人民解放军总装备部政治部文艺创作室专业创作员。

孔 紫

1952年生，河北唐山人。1985年在中国美术学院国画系进修，1989年毕业于解放军艺术学院美术系。现为中国美术家协会理事，一级美术师。作品曾参加第七届、第八届、第九届、第十届全国美术展览，及百年中国画展。

李 传康

1954年生，四川威远人。毕业于云南艺术学院美术系版画专业。现为解放军驻昆明某部俱乐部主任，中国美术家协会会员。

李 从军

1949年生，安徽人。1982年在吉林大学文学系读研究生，1984年在山东大学中文系读博士研究生。历任中共浙江省委常委、宣传部长。现为中共中央宣传部副部长。出版有《当代名贤画集》、《鹰虎集》、《价值体系的历史选样》、《山川风月集》。

李 蕾

1953年生，河南社旗人。先后学习于浙江美术学院、解放军艺术学院等院校。现为南京军区政治部创作室创作员，二级美术师。

李 连志

1966年生，山东沂水人。1985年于吉林敦化入伍。作品在全国、全军美展中多次获奖。现为中国美术家协会会员，沈阳军区文艺创作室创作员。

李 明峰

1963年生。1995年毕业于解放军艺术学院，2001年毕业于中央美术学院油画系研修班。作品多次参加全国、全军美展并获奖。现为解放军总装备部画家。

李 平生

1978年生，福建人。毕业于清华大学美术学院。现为二级美术师，职业画家。

李 强

1965年生，江苏南京人。1988年毕业于南京艺术学院美术系中国画专业。现为南京书画院院长助理，二级美术师。

李 翔

1962年生，山东临沂人。先后就学于解放军艺术学院与中央美术学院。作品曾在第八届、第九届、第十届全国美展中获奖，并作为礼物赠送给外国首脑。现任中国美术家协会理事、中国书法家协会理事等职。

李 延声

简历见第172页。

陆 千波

1973年生，浙江人。毕业于解放军艺术学院。现为中国美术家协会会员，空军某部文化宣传干事。

罗 江

1959 年生，云南人。毕业于云南艺术学院美术系，先后获学士、硕士学位。现为云南画院副院长，云南省美术馆副馆长，二级美术师，中国美术家协会会员。

王 莹

1964 年生，山西人。1987 年毕业于山西大学美术系，1991 年至 1992 年进修于中央美术学院中国画系，2004 年结业于中国艺术研究院研究生部。现为山西师大美术学院副院长，副教授。

罗 田喜

1955 年生，江西玉山人。1987 年毕业于解放军艺术学院美术系油画专业，中国美术家协会会员、中国油画协会会员、上海美术家协会会员。现为武警上海指挥学院教授。

骆 根兴

1955 年生，河北深县人。1986 年毕业于天津美术学院绘画系。现任总装备部政治部文艺创作室专职画家。中国美术家协会理事，一级美术师，全军艺术高级职称评委。

马 寿民

1962 年生，陕西合阳人。先后毕业于中国人民解放军西安政治学院、解放军艺术学院美术系。现为中国美术家协会会员，新疆美协中国画艺术委员会委员，新疆军区专职创作员。

马 未定

1962 年生，江苏人。1997 年毕业于解放军艺术学院美术系中国画专业，2000 年于中央美术学院国画系助教班学习。现在北京清河某部队工作。

邝 明惠

1971 年生，湖南人。1991 年入伍，现为成都军区政治部现役军人，四川省美术家协会会员。获第十六届全国版画奖铜奖、第十届全国美展优秀奖。

苗 再新

1953 年生。1993 年毕业于解放军艺术学院。现任武警总部创作室创作员，中国美术家协会会员，一级美术师。

曲 直

1968 年生，山东莱州人。毕业于解放军艺术学院。现为北京军区政治部文艺创作室美术创作员，中国美术家协会会员。

覃 琨瑛 [Qin Kunying]

1969 年生，广西桂平人。1993 年毕业于广西师范大学艺术系，1996 年结业于中央美术学院国画系第二画室，同年移居布拉格。曾参加第八届全国美展，并在中国和捷克举办过多次个展和群展。

秦 龙

1939 年生，四川成都人，祖籍河北成安。1960 年毕业于中央美术学院附中，1966 年毕业于中央工艺美术学院。

1976年后任人民文学出版社美术编审，中国美术家协会会员、中国美协插图艺委会副主任。1999年退休后继续在"西府草庐"工作室任职。

任 惠中

1958年生，山东省莱州人。现为中国美术家协会会员，解放军艺术学院美术系中国画教研室主任。

申 少君

1956年生，湖南邵东人。1982年毕业于广西艺术学院美术系，1987年结业于中央美术学院国画系水墨人物画室。现为中国画研究院一级画师。

孙 浩

1948年生，辽宁大连人，祖籍浙江宁波。曾就职于辽宁省美术师范学校、鲁迅美术学院和解放军艺术学院。现任解放军艺术学院美术系教授，中国美术家协会会员。

孙 立新

1955年生，辽宁丹东人。1989年毕业于解放军艺术学院。2004年毕业于中央美术学院博士生高研班。作品曾获第九届全国美展铜奖。现为军事博物馆创作员，中国美术家协会会员。

王 阔海

1952年生，山东招远人。1989年毕业于解放军艺术学院美术系。现为二炮政治部创作室专职创作员，二级美术师。

王 利军

1962年生，河北乐亭人。现为海军政治部创作室专业画家，中国美术家协会会员，二级美术师。

王 世明

1957年生，四川重庆人。1982年毕业于四川美术学院。现为四川美术学院教授、重庆画院副院长，中国美术家协会会员。作品入选第九届、第十届全国美展。

吴 建科

1958年生，陕西人。1989年毕业于解放军艺术学院美术系，1990年至1992年在中央美术学院进修中国画。作品多次参加全国美展。现为中国美术家协会会员，海军政治部创作室一级画师。

吴 玉麟

1957年生，浙江人。现为中国美术家协会会员，二级美术师，海军北海舰队创作室专业画家。

吴 耀华

1959年生，江苏南通人。1982年毕业于南京艺术学院，1991年结业于南京艺术学院美术系，1996年结业于中央美术学院美术史系。现为江苏省南通大学美术学院教授，硕士生导师，中国美术家协会会员。

谢 志高

1942年生，广东人。1980年毕业于中央美术学院中国画系研究生班，并留校任教；1988年调入中国画研究院。现为一级美术师，中国画研究院艺委会委员，中国美术家协会理事。

邢 庆仁

1960年生，陕西大荔人。1986年毕业于西安美术学院。现为中国美术家协会会员，一级美术师，陕西国画院创研室主任。

熊 家海

1953年5月生，湖北松滋人。1970年入伍，1982年进修于四川美术学院绘画系。作品曾获全国、全军美展奖项。系中国美术家协会会员。现为四川美术家协会理事，四川版画艺委会委员，一级美术师，成都军区政治部文艺创作室主任。

徐 永新

山东青岛人。毕业于解放军艺术学院美术系，现为海军北海舰队政治部文艺创作室专职画家，二级美术师，中国美术家协会会员。

许 向群

1963年生，安徽肥东人。毕业于安徽师范大学艺术学院，获硕士学位。现为中国美术家协会会员，解放军文艺出版社《军营文化天地》主编。

许 章伟

1975年生。毕业于浙江丝绸工学院，现任职于浙江湖州艺术与设计学校。

阎 禹铭

1962年生。毕业于解放军艺术学院，现为总参通讯部专职画家，中国美术家协会会员。

燕 飞

1941年生，陕西省兴平人。60年代先后毕业于西安美术学院附中和中央戏剧学院舞台美术系。现为中国美术家协会会员，中国油画学会会员，一级美术师。

杨 华

山东师范大学美术系毕业，于中央美术学院国画系第七工作室攻读硕士学位。

杨学军

1961年生。1983年毕业于广州美术学院附中，1987年毕业于广州美术学院雕塑系。现任广州雕塑院工程部部长。

伊 瑞 [Jiri Straka]

现任捷克国立美术馆中国艺术研员。1967年出生于捷克布拉格。1995年毕业于捷克查理大学中文系，1997年毕业于中国美术学院国画系。在捷克和中国举办过多次个展和群展。

蔚 国银

1963年生，河南人。先后毕业于西安美术学院和中央美术学院油画系研修班。现为中国美术家协会会员。

于 克敏

1957年生，昆明人。毕业于解放军艺术学院和中央美术学院油画系进修班。现为中国美术家协会会员，云南省美术家协会理事。

黄 礼攸

1973年生，湖南人。毕业于湖南师范大学艺术系和中央美术学院油画系研修班。现任职于湖南大学建筑设计系。

袁 武

1959年生，吉林省吉林人。1980年考入东北大学艺术系美术专业。作品多次在全国、全军美展中获奖。现为中国美术家协会会员，中国人民解放军艺术学院美术系副主任，教授。

岳 鸿进

1970年生，山东省平度人。毕业于解放军艺术学院。现为中国美术家协会会员，北京军区政治部文艺创作室创作员。

张 占岗

1955年生。1986年毕业于解放军艺术学院。现为解放军艺术学院副教授，中国美术家协会会员。

张 力弓 ［立功］

1964年生，山东莒县人。毕业于解放军艺术学院美术系国画专业。现为总政俱乐部美术干事，中国美术家协会会员。

张 立奎

1963年生，山东临沂人。毕业于解放军艺术学院美术系。现为中国美术家协会会员，总参专业创作员，军事博物馆画院特约画家。于2002年在中央美术学院国画系任访问学者兼攻硕士研究生课程。

张 立柱

1956年生，陕西武功人。1984年始，在西安美术学院国画系就读，获硕士学位。1984年—1991年任教于西安美术学院国画系。现为中国美术家协会会员，陕西国画院副院长，一级画师。

张 万臣

1962年生，满族。毕业于首都师范大学美术系。现为总装备部专职画家，中国美术家协会会员，北京美术家协会理事。

张 文新

1928年生，天津人。1949年毕业于华北大学美术科，1951年毕业于北京大学物理系。1951年到北京人民美术工作室工作，1964年到北京画院任专职画家，1987年旅美。

赵 初凡

1964 年生，山东省潍坊人。毕业于解放军艺术学院。现为中国美术家协会会员。

赵 军安

1960 年生，陕西西安人。先后毕业于哈尔滨师范大学艺术学院和解放军艺术学院美术系国画班。现为中国美术家协会会员，西安国画院特聘画家。

周 补田

1950 年生，山西定襄人。 现为解放军东海舰队宣传部干部。

周 顺恺

1950 年生，重庆人，回族。现为重庆市美术家协会副主席，重庆国画院常务副院长，一级美术师，中国美术家协会会员。2000 年被文化部评为优秀专家，2001 年被中国美术家协会、中国少数民族促进会授予"民族杰出美术家"称号。

周 武发

1961 年生，湖北人。先后毕业于解放军艺术学院和中央美术学院油画系助教研修班。现为中国美术家协会会员。

周 永家

1934 年生，辽宁盖州人。 现为北海舰队创作室一级美术师，中国美协理事。

纪念反法西斯战争胜利60周年国际艺术作品展

主　　　办: 中国美术馆

总 策 划: 冯　远

策划委员会: 钱林祥
　　　　　　杨炳延
　　　　　　王　安
　　　　　　马书林

策　　　划: 陈履生

新 闻 宣 传: 吴　琼
对 外 联 系: 韩淑英
展 务 设 计: 王　兰
　　　　　　于　歌
公 共 教 育: 何　琳
总　　　务: 刘　密
安　　　保: 赵春生
财　　　务: 张晓燕
统　　　筹: 吴　琼
　　　　　　韩淑英
翻　　　译: 郑　妍
　　　　　　杨玉玫
展　　　务: 安　雪
　　　　　　李　万
　　　　　　郭宏梅
　　　　　　唐　妮
　　　　　　焦　岩

图书在版编目（CIP）数据

纪念反法西斯战争胜利60周年主题创作作品集／中国美术馆编．—南宁：广西美术出版社，2005.9
ISBN 7-80674-738-9

Ⅰ.纪... Ⅱ.中... Ⅲ.绘画－作品综合集－世界－现代 Ⅳ.J221

中国版本图书馆CIP数据核字(2005)第099147号

纪念反法西斯战争胜利60周年主题创作作品集

JINIAN FANFAXISI ZHANZHENG SHENGLI LIUSHI ZHOUNIAN ZHUTI CHUANGZUO ZUOPINJI

中国美术馆　编

主　　编：冯　远
执行主编：陈履生

出 版 人：伍先华
终　　审：黄宗湖
图书策划：姚震西　钟艺兵

责任编辑：钟艺兵　何庆军　陈先卓
责任校对：陈宇虹　王　炜　刘燕萍
审　　读：欧阳耀地

装帧设计：朱　锷 [北京阳光谷文化]
设计制作：彭少江　肖晋兴 [北京阳光谷文化]

出　　版：广西美术出版社
地　　址：广西南宁市望园路9号
邮　　编：530022
发　　行：广西美术出版社

制　　版：北京图文天地中青彩印制版有限公司
印　　刷：北京方嘉彩色印刷有限责任公司
版　　次：2005年8月第1版
印　　次：2005年8月第1次
开　　本：890×1185毫米 1/16
印　　张：11.75
书　　号：ISBN 7-80674-738-9/J.522
定　　价：180.00元

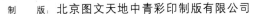